Ottmar Braun
Bernhard Rauch

WEIHERSPIEGEL

Verlag Eckhard Bodner

IMPRESSUM

1. Auflage

Pressath 2020

ISBN 978-3-947247-47-9

Texte: Ottmar Braun

Verlag: Eckhard Bodner I 92690 Pressath
Layout und Umschlaggestaltung:
Hubert A. Haberberger

INHALTSVERZEICHNIS

* Gedichte sind farbig unterlegt

Die Zeiten ändern sich ...

Sie lebten ruhig und zufrieden am Westufer ihres Weihers. Dort drohten weder Sturmfluten noch Lawinen, und den nahen Vulkankegeln ist bereits vor Jahrmillionen nach wenigen gelungenen Explosionen für immer die Spucke weggeblieben. Nur manchmal, meist war es im Frühjahr, wurden es „da Noo“ (der Haidenaab) und dem „Räjmbachl“ (Röthenbachl) zu eng in ihrem Bett. Dann bekamen die Dörfler nasse Füße. Aber das war nie lebensbedrohend.

An den sechs Werktagen arbeiteten sie im Hüttenwerk am Ostufer des Weihers und bestellten nach Feierabend ihre kleine Landwirtschaft. Dieser „Doppelverdienst“ reichte aus, um in den dürren Jahren nicht zu verhungern, ließ aber auch in den fetten Jahren keinen übermütigen Luxus aufkommen.

Sonntags waren die Gottes- und Wirtshäuser voll und es gab noch die vier Jahreszeiten. Sommers vergnügten sie sich beim Baden „aaf da Wäijer“ (am Wehr) und winters auf dem zugefrorenen Weiher. Sie sorgten reichlich für Nachwuchs, so dass die Dorfschule ständig erweitert werden musste.

Jetzt trägt das Werk den Beinamen „Corrugated“. Sie fertigen Maschinen, die „gewellte Pappe“ herstellen, gewellt wie der Weiher im Wind. Und seit die Menschen vom Waschpulver bis zum Hornhauthobel alles per Mausklick kaufen, sind weltweit immer mehr Pakete unterwegs – bestehend aus der Wellpappe des Weltmarktführers am Weiherufer. Nun arbeiten sie rund um die Uhr an ihren Arbeitsplätzen rund um den Erdball. Wo sich früher der Funkenregen der Eisengießerei im Wasser spiegelte, glänzen nun die abgetönten Lichter des „Life Cycle Buildings“ der BHS im Weiherspiegel. Die Hauptstraße, dereinst mit 34 Dorfläden und Handwerksbetrieben die pulsierende Ader entlang des Weihers, wandelt sich mit dem neuen Rathaus, mit Hotel und gehobener Gastronomie, Büros und Behörden, Arztpraxen und Apotheke immer mehr zur modernen Mainstreet. Zugleich ist das Dorf in Richtung Abendsonne gewachsen.

THAUS

Die Grundrisse der Häuser im Neubaugebiet sind ähnlich dem Zusammenleben der heutigen Gesellschaft offen und freiheitlich gestaltet. Da steht das Häuschen im Finca-Stil neben dem ochsenblutroten Schwedenhaus, der andere stellt ein paar Toskana-Säulen vor seine Haustür. Die Biografien sind wechselvoller und die Bauwelt versucht sich der gewandelten Lebenswelt anzupassen. Der Mensch ist in der ständigen Suche nach Alternativen rastlos unterwegs.

Jeder von uns Buben trug früher ein Taschenmesser bei sich. Das erlaubt man heute nicht mehr. Es sei zu gefährlich, sagt man. Aber bereits jeder Grundschüler hat ein Smartphone in der Hosentasche. Dieses Gerät verfügt über mehr Rechenleistung als alle Computer der NASA im Jahr der ersten Mondlandung. Damit kann jedes Kind nicht nur telefonieren und fotografieren, es kann auch Musik hören, Filme betrachten und sich die gesamte virtuelle Welt hereinholen.

Weit weg erscheint mir die Welt im World-Wide-Web meiner Enkel. Und die glauben, in eine unvorstellbare Märchenwelt zu blicken, wenn ich von meiner Weiherkindheit ohne Auto, ohne Fernsehen und ohne Smartphone erzähle.

„Tempora mutantur et nos mutamur in illis“, lehrt uns die alte lateinische Weisheit. Ja, die Zeiten ändern sich und wir uns in ihnen.

Zwischen Wohnwelt und Arbeitswelt eingebettet liegt der Weiher, Symbol für Sesshaftigkeit und Offenheit. Er war von Anfang an da, verkörpert das Ursprüngliche und Elementare, das Verlässliche und Dauernde. Sein Wellengang bewegte den Hammer, erzeugte den Strom, hat Dorf und Eisenhütte entstehen lassen - ein zuverlässiger Helfer für die Uferbewohner.

Es ist schon eine Weile her, als ich mit Georg Zenger, dem „Zenger-Lehrer“, geboren 1909 in Weiherhammer, damals Beckendorf, ins Gespräch kam. Bald gestanden wir uns die gemeinsame Liebe zum Beckenweiher ein. Bereits als junger Mann verfasste er folgende Zeilen:

´s Beckadörfl

(Beckendorf, bis 1934 Ortsname für Weiherhammer)

Her bin i vom Weiha,
wou d'Wassablasch bröin, (Blässhühner)
wou d'Lachmöven schreia
und d'Moidla Gens höin.

Dou druntn am Weiha,
dou g'freit me mei Lebm,
tou Bürschtla und Schleia
ans Land außahebm.

Und über den Weiha,
dou zöigt a Duft her,
nao Kalmus und Moda, (Moder)
grod würze is der.

Der Schlemmastoog wachelt, (Kuhgras)
die Welln schlogn ans Damm,
der alte Knöll stachelt
ums Weihadamm hamm.

Am Hamma drübn bumpert's, (Hüttenwerk)
dös ghäiert dazou -
wou kaam sunst des lumpert's
Geld her, dumma Bou?

In: Anton Schlicksbier (Hrsg.), In da rauha Oberpfalz,
S. 68, Donaustauf 2014

In der Tat - unser Weiher samt seiner prächtigen Tier- und Pflanzenwelt scheint ein eigener Kosmos zu sein - und ist zugleich unsere allernächste Umgebung. Meine nun folgenden Texte schildern diese spannende Wasserlandschaft und die Eigenheiten und Ansichten verschiedener Epochen und Generationen an ihren Ufern. Dabei ist nicht alles todernst gemeint, ich will vor allem zum Schmunzeln, vielleicht auch zum Nachdenken anregen. Mag sein, dass ich dabei nicht immer alles richtig deute, manches übersehe, manchmal übertreibe.

Den Weiher allerdings, den gibt es wirklich. Da bin ich ganz sicher.

Das beweisen auch die Fotos von Bernhard Rauch. In jeder freien Minute ist er mit seiner Kamera am Weiher unterwegs und entdeckt für uns eine wahrhaftige Weiher-Wunder-Welt. Dafür herzlichen Dank.

Mein besonderer Dank gilt auch meinem langjährigen Berufskollegen und Freund Hubert A. Haberberger. Er hat sich spontan bereit erklärt, die Kombination der Texte und Bilder zu kreieren und so ein harmonisches Ganzes zu formen.

So entstand ein Lese-Bilderbuch, das ein besonderes Lesevergnügen verspricht. Möge es auch anregen, die allernächste Heimat neu zu entdecken.

UNTERM WEIHA

Neilich bin es wieda ganga
des Schdeigl unterm Weiha,
vom Rathaus über d`Recherbrugg
bis aafe zu da Wäijer.

Durt rauscht as Wasser wäi allwaal,
wird ruhiger erschd im Brandnergroom,
wou mia als Boum hinganga san
zum Fischn und zum Boon.

Ob Kinda des heint a nu macha?
Ich hob koi gseang, drum glaab es kaam,
dass heint nu übers selwe lacha
wou mia unser Freid g´habt ham:

Aaf da Wäijer nou Kieslschdoi dauchn,
im Schlemmaschdoog däi Bins'n rauchn,
as der Rindn a Schifferl schnitzn
und aaf de häichsten Weihabaam sitzn,

boafuß durchn Moder renna,
und desweng aa an Baamhaggl kenna,
a Radlfelng mit`m Holzscheidl treibn,
und Moidla mit`m Schnäi eireibn,

am Schulranger mit`m Schlien oirutschn
und aus`m Papierl an Brausewürfl lutschn,
kraxln und Baamfangales schbüln,
mit'm Zwischberl aaf alls mögliche züln...

Däi Kinder siahst heit nimmer drass.
Däi hom heint an andern Schbaß
im virtuellen Kinderzimmer.
A Butzlkouh – däi kennas nimmer.

Mississippi live

„Wooos? Du bist unterm Weiha ganga?“, fragt manch Neubürger ungläubig, „das käme ja dem Wandeln Jesu auf dem Wasser gleich.“

„Nein“, gestehe ich ein, „unten am Weiher muss es richtig heißen. Wir sagen halt `unterm Weiha`.“ Gemeint ist der schmale, feuchte Ufersteig, der sich ab der „Recherbrugg“ neben dem Brandnergraben fortsetzt bis zur „Wäijer“, dem Wehr also und der dann weiter an der „Noo“, der Haidenaab, entlang führt.

„Unterm Weiha“ also statt „unten am Weiher“ - wir sagen auch „aaf da Wäijer“ statt „am Wehr“, wo früher das ganze Dorf zum Baden hinging. Niemand fuhr deswegen „in d`Wein“, also „nach Weiden“. Aber zugegeben - mit dem Gebrauch der Ortsangaben weichen wir schon etwas von der Schulgrammatik ab.

„Unterm Weiha“ also werden die Ufer beherrscht von einem ökologisch wertvollen, lichtdurchfluteten Feuchtwald. Dicht an dicht säumen die alten Baumkolosse diese einzigartige Wasserlandschaft, Schwarzerlen, Weiden, Linden und Birken, vereinzelt auch Ahornbäume. Sie verfestigen mit ihren Wurzeln die Uferdämme und schmiegen sich in lichter Höhe mit ihren Blättern und Zweigen aneinander. Satte Grüntöne, wohin das Auge sieht. So verwundert es nicht, dass der „Weiha“ bereits 1939 als Naturschutzgebiet ausgewiesen wurde und somit eines der ältesten im Naturpark Oberpfälzer Wald darstellt.

Hier überkommen manch einem die unauslöschlichen Erinnerungen an die eigene Kindheit. Es sind die Erinnerungen an schweißnasse Haare, Grasflecken im Hemd und aufgeschlagene Knie. An Baumkraxeln, Balancieren, Pirschen durch Schilf und Büsche, Umgang mit Brennnesseln und dornigen Hecken, das Spähen nach den kreischenden Möwen, eiligen Enten und stolzen Schwänen, das Studieren der emsigen Käfer, Wasserläufer, Libellen und Ameisen – das zweckfreie Spiel im Freien eben.

„Kummst naoumiddoch assa!", so verabredeten wir uns nach der Schule. Wir waren als Kinder nicht einfach nur „draußen", wir waren „unterwegs" als Winnetou, Lederstrumpf oder Huckleberry Finn. Da wurde mit dem Taschenmesser aus einem morschen Stock schnell ein Speer oder ein Schwert. Und der Pfeil und Bogen gehörte ohnehin zur Standardausrüstung eines jeden Weiherbuben.

Dort bekriegten sich die Apachen und die Sioux und rauchten gemeinsam die Friedenspfeife. Wir suchten den „Schatz im Silbersee" und erforschten die Sümpfe am Mississippi, wir erlebten Abenteuer und Freiheit.

Kein Gendarm und kein Vater kontrollierten uns, sie hatten in den Nachkriegsjahren Wichtigeres zu tun. Wir Kinder waren im „Draußen" daheim – zumindest bis zum Gebetläuten der Abendglocke. Spätestens dann mussten die wagemutigen Abenteurer und furchtlosen Kämpfer wieder brav zu Hause sein. Andernfalls drohten die pädagogischen Sofortmaßnahmen der konsequent erziehenden Eltern. Eine „Schelln" (Ohrfeige) von Vaters schwieliger Hand empfanden wir nicht so schlimm wie den Hausarrest, der für uns die Höchststrafe darstellte.

Jahre später, im Wunderland der Pubertät, führte uns manch Liebeskummer an den Weiher, hier suchten wir Händchen haltend nach dem großen Glück.

Heute stehe ich Hand in Hand mit meiner Enkelin auf dem Uferdamm. Wir betrachten uns im Weiherspiegel, bis ein Riesenkarpfen auftaucht und das Bild erzittern lässt. Belustigt wirft Anne die mitgebrachten Brotkrumen ins Wasser und lockt somit weitere Fische, die Wildenten und Schwäne an. Sie balgen sich ums Futter und vollführen ihre Bewegungskünste. Wir schlendern weiter, umspielt von Licht und Schatten, begleitet von Vogelgesang und Schmetterlingsflug. Im Röhricht erspähen wir Haubentaucher und Blässhühner beim Brutgeschäft. Dieser Dschungel von schönen und schauerlichen Geheimnissen ist für Anne Rätsel und Herausforderung. Gräser umschmeicheln unsere

Waden, als wir ein paar Wiesenblumen pflücken. Wir sind an unserem Lieblingsplatz angelangt, den wir niemandem verraten werden. Daheim legt Anne Malstifte und Papier auf den Tisch. Wir versuchen, das eben Erlebte im Bild festzuhalten. Seitdem sind einige Jahre vergangen. Meine Anne hat unsere „Gemälde" bis heute in einer Mappe aufbewahrt.

Die Natur als „Seelenstreichler" ist heute zum großen Boom geworden. Therapeuten schwören auf die Kraft der Flora. Beim sogenannten „Waldbaden" leiten sie ihre Kunden an, auf Geräusche und Gerüche zu achten, zu meditieren und stille zu werden.

Die Natur „unterm Weiha" bietet das mehrdimensionale Erleben, spricht Herz und Sinne an, lässt die Schönheit der Lichter, Farben, Töne und Gerüche erleben. Sie ist ein Symbol für Kraft, Bodenständigkeit und verschwenderisch reiches Wachsen und Gedeihen. Ihr Anblick gebietet Ehrfurcht. Wir sind lediglich ein Teil der Natur, bestenfalls ihr geduldeter Partner.

Der Mensch braucht das „Draußen" – noch ist es da.

„Mississippi live" - direkt vor der Haustüre. Ein Festival für die Sinne, drunten halt – unterm Weiha.

MATINEE

In der zarten Morgenröte
tanzt die weiße Nebelfee
das Prelude zur Matinee
im Weiherorchestergeflöte.

Triller klingen, Tonsequenzen,
Intervalle auf und nieder,
jeder bringt jetzt seine Lieder,
will auf der Wasserbühne glänzen.

Der Buchfink schmettert Gassenhauer.
Auf Grund brillanter Solostücke
zieht die Drossel an die Blicke
der begeisterten Zuschauer.

Die Frösche üben nur zum Spaß,
-weil sie nur quaken, oft verwarnt -
im nahen Schilfstock gut getarnt
monoton den Schusterbass.

Im Paarflug tanzen die Libellen
synchron ihre Flügelreigen
zur Musik der Grillengeigen
im Wiesengras, abseits der Wellen.

Gerne lauscht` ich den Konzerten,
summten da nicht Einton-Mücken.
Die kann kein Konzert entzücken
in ihrer Gier nach blutigen Werten.

Die Möwen bogen sich vor Lachen,
wie ich die Stecher abgewehrt
und kreischen wild ihr Krächzkonzert –
und ich werd` nun die Mücke machen.

DIE FEUCHTWIESE

Wasser und Erde – welch Ursprungsduft
von Wachsen und Werden erfüllt die Luft!

Verschwenderisch blühendes Wiesenschaumkraut,
Schmetterlingsflügel, wohin man g`rad schaut.

Nektartrunkene Bienen summen
um hell erleuchtete Sumpfdotterblumen.

Der Wind in den Halmen singt leise sein Lied.
Das Jahr ist noch jung und die Wiese, sie blüht.

Bittgänge und Kreuzfahrten

„Winter ade…“ sangen wir aus voller Kehle, wenn uns „Fräulein Hampel“ vor den Osterferien im obligaten Unterrichtsgang an den Weiher führte. Der war nun eisfrei und die zurückgekehrten Möwen eröffneten mit ihrem heiseren Geplärre die Brutsaison.

„Veilchen träumen schon, wollen balde kommen...“

… heißt es im Frühlingsgedicht von Eduard Möricke („Frühling lässt sein blaues Band…“), das jeder von uns auch im fortgeschrittenen Seniorenalter noch fehlerfrei vortragen kann. Der Dichter erzählt von den Blumen, die neben den letzten schmutzigen Schneeresten als Erste die Köpfchen in die warme Sonne recken.

„Frühblüher“ nennt sie der Biologe. Die Lehrerin zeigte sie uns: Schneeglöckchen, Krokus, Gänseblümchen, Stiefmütterchen….Wir bestaunten sie, rochen an ihnen, beschrieben sie, malten sie ab, diese wagemutigen Frühjahrsboten. Ein jeder von uns hält alljährlich Ausschau nach ihnen, begrüßt sie freudig: die schönste Jahreszeit naht!

Vor ein paar Tagen befragten Radioreporter in der Stadt Schülerpassanten nach Frühblühern.

„Kennt ihr Frühblüher, könnt ihr ein paar mit Namen nennen?“, fragte der freundliche Radiomann.

Sie verstanden die Frage nicht, auch dann nicht, als sie die Stöpsel aus den Ohren genommen hatten.

„Frühblüher? Äääääh? Gibt’s da a App?“ Der Reporter half drauf, Frühjahrsblumen seien da gemeint, welche wohl? Nach einigem Hin und Her einigten sich die jungen Leute auf die Rosen, ja, die habe man gerade im Eingang zum Supermarkt gesehen.

Als Überleitung zur nächsten Frage nannte der Reporter die nahen Osterferien. Karfreitag und Ostermontag ergeben ja ein superlanges Wochenende. Bundesweit gibt es immerhin noch acht gesetzliche Feiertage, in Bayern gar zwölf, die meisten mit christlichem Hintergrund. Der Mehrzahl der Deutschen sind die Feiertage sehr willkommen, ihr jeweiliger Anlass ist ihnen egal.

Was wohl der Grund für die Osterfeiertage sei, welches Fest, welcher Anlass dahinter stecke, will der Interviewer wissen.

„Klar, der Osterhase!"

Und, aus christlicher Sicht? Einer meinte, im Unterricht etwas von der Auferstehung des Osterhasen gehört zu haben. Sein Freund ergänzte, der sei wohl an einer Kreuzung gestorben – oder so ähnlich…

„Ja, die Wildunfälle häufen sich, gerade im Frühjahr", sagte einer, offensichtlich ein Einser-Schüler..

Die Frage, was ein Märtyrer sei, konnten alle beantworten: „O-kay", sie dehnten dabei die Silben in die Länge, „o-kay, ein Auto mit mehr Türen. Logo." Dazu sage man „Mehrtürer" - weiß doch jeder!

Der letzte Sonntag in den Osterferien ist der sogenannte „Weiße Sonntag". An diesem Sonntag fanden früher die Erstkommunionfeiern statt. Da bekamen die Buben einen Anzug, dunkelblau und mit kurzer Hose, ein weißes Hemd mit Fliege und weiße Handschuhe. Die Mädchen gingen ganz in Weiß.

Nun, im Zeichen des Klimawandels, verliert der Winter zusehends an Macht und Einfluss. Trotzdem weigert er sich immer öfter, dem Frühling Platz zu machen, und so nervt er auch zu Ostern noch mit Schnee und Graupel, zwar nicht viel, aber immerhin hält er damit die Temperaturen niedrig.

Deshalb hat man die Erstkommunion in den Mai verlegt. Außerdem sind ja die Kinder in den Osterferien ohnehin nicht zu Hause. Sie verreisen mit den Eltern. Man sucht die Wärme, nicht selten in den gigantischen „All Inclusive Hotels“, die voll ausgebucht auf den Weltmeeren schwimmen. Hat wohl auch mit „etwas Christlichem“ zu tun. Nicht von ungefähr nennt man dies ja „Kreuzfahrten“.

Überhaupt - nach den Osterferien kommen die wichtigsten Wochen des Schuljahres. Dann entscheidet es sich, wie die weitere Schullaufbahn aussehen soll. Die richtige Schule zu finden ist eine Aufgabe, bei der sich Weltanschauung, Ehrgeiz und Standesdünkel gleichermaßen treffen.

Früher gab es nur wenig Übertritte an weiterführende Schulen. Die Lehrkräfte mussten die Eltern davon überzeugen, oft sogar mit Nachdruck überreden, ihr Kind doch aufs Gymnasium zu schicken. Somit war im Frühjahr neben dem Unterricht noch genügend Zeit, an drei Tagen die sogenannten Bittgänge abzuhalten.

Die waren bei uns Schülern äußerst beliebt. Zum einen fielen natürlich Unterricht und Hausaufgaben aus, zum anderen sahen wir darin freudvolle Wandertage. Singend und betend, schwatzend und kichernd, abwechselnd Fahnen und Kreuz tragend marschierten wir mit den Lehrern und dem Herrn Pfarrer durch Feld und Flur, um schönes Wetter und reiche Ernte bittend. Ein

Pilgerziel war die schöne, kleine Moritzkirche, ehemals eine echte Wallfahrtskirche. Mit großen Augen bestaunten wir die Votivbilder und wächsernen Nachbildungen der Körperteile rund um den Hochaltar, die anscheinend auf Heilungswunder der Gläubigen hinwiesen.

Wenn uns auf halbem Weg die Bittprozession aus dem Nachbarort entgegenkam, schwoll die Lautstärke der Gebete und Gesänge deutlich an. Während der Gegenverkehr gerade beim „Vater unser" war, stimmten wir ein „Wir ziehen zur Mutter der Gnade" an und steigerten es zum innbrünstigen Fortissimo. Man wollte in andächtigem Konkurrenzbeten die anderen „drausbringen".

Wie gesagt, dies alles ist heute hinfällig. Gutes Gedeihen der Feldfrüchte gelingt dem Digitalmenschen ohne Gottes Hilfe. Er erfindet Kunstdünger und kann Gene manipulieren.

Gewinnmaximierung heißt das neue Evangelium...

KLIMAWANDEL

frühlingsblütenblätterbienen
sommersonnenschmetterling
herbstlaubfarbenebelspinnen
schneeflockenwinterwirbelwind

frühlingssonnenschmetterling
sommerblumenknospenbienen
herbsteisschneegestöberwind
winterstarrenebelspinnen

frühlingseisgestöberbienen
sommerknospennebelwind
herbstlaubfarbeblütenspinnen
winterkristallschmetterling

MÖWEN

Blätterspiele des Weihers
bestaunen,

zu verstehen versuchen
das Flüstern und Raunen

des wogenden Schilfes
im böigen Wind.

Doch zuhören können
die Möwen mitnichten,

mit Geschrei und Gezänk
sie die Botschaft vernichten.

Kommunikation gescheitert –
bevor sie beginnt.

RETTET DIE BIENEN

Um uns neu zu orientieren
und unser Tun zu korrigieren:
wir thematisieren, verbalisieren, diskutieren,
debattieren, demonstrieren, kommentieren...

Betrachte doch den Bienenstaat!
Hier zählt nur Arbeit, Fleiß und Tat.
Da schuftet und schafft eine jede für drei
und spricht kein einziges Wort dabei.

Ein Ferienerlebnis

Seit es die Schule gibt, lassen die Lehrer nach den großen Ferien dieses Aufsatzthema bearbeiten. So erfährt man nebenbei auch Interessantes aus dem Elternhaus. Schon als Grundschüler durchschaute ich diese Taktik und schrieb erfundene Geschichten, also reine Phantasieaufsätze.

Einmal bekam ich eine besonders gute Note, als ich vom knapp entgangenen Ertrinkungstod in der Adria erzählte– mit Spannungsbogen und ausgemaltem Höhepunkt – obwohl ich noch nie aus unserem Dorf hinausgekommen war. Aber warum sollte es beim Baden am Meer anders zugehen als daheim „aaf da Wäijer"?

Mein Enkel Max besucht die Grundschule und musste heuer auch sein Ferienerlebnis zu Papier bringen. Er hat als Erster abgegeben und bewältigte das Thema in einem Satz: „Ich habe mit Papa Fußball gespielt." Dahinter malte er ein Smiley und ein Daumen-hoch.

Gottlob hatte die Lehrerin nur DIN A 5 Blätter ausgeteilt. So sah der Aufsatz meines Enkels nicht ganz so mickrig aus. „Schön! Da hättest du aber mehr erzählen können", schrieb die Lehrerin rot drunter.

„Wer was von Fußball versteht, Opa", sagte der Max zu mir, „braucht nicht mehr schreiben."

Er ist ein Fußballexperte, ist im Besitz der Bilder aller Bundesligaspieler einschließlich Geburtsdatum, Körpergröße und Gewicht, Anzahl der geschossenen Tore mit links, rechts oder per Kopf, Schuhgröße und Lieblingsessen. Er kann sie alle ihrem Verein zuordnen und weiß die Namen: Aubbameyang, Mkhitaryan, beide Borussia Dortmund oder Calhanoglu, Leverkusen - solch schwierige Namen spricht er fließend aus. Die Begriffe „subtrahieren“ und „addieren“ dagegen verwechselt er und vergisst sie auch immer wieder. Samstagnachmittag schaut er Sky und abends die Sportschau.

Vielleicht sollte ich mit ihm einmal die Sportreportage im Radio hören, das könnte seinen Wortschatz bereichern. Doch dann denke ich an Reporterdeutsch wie „in der zweiten Halbzeit zeigten die Rothosen endlich, was in ihnen steckte“ oder „die Abwehr massierte sich hinten“ oder „erst hatten sie kein Glück und dann kam auch noch Pech dazu“. Ich verwerfe diesen Gedanken.

Ich beschließe, mit ihm im freundschaftlichen Gespräch zu erarbeiten, wie er die Geschichte hätte erweitern können. Ich knüpfe dabei an unsere gemeinsamen Fußballerlebnisse an, gehe also den klassischen Abstraktionsprozess: Am Anfang steht der handelnde Umgang mit dem Fußball, dann reden wir drüber und auf der symbolischen Stufe kleiden wir das Erlebte in Sätze.

Fast täglich spielen wir im Garten Fußball. Zuerst legt der Max immer fest: „Ich bin FC Bayern, was bist du, Opa?“ Mir lässt er die Wahl zwischen Real Madrid oder Dortmund. Dann losen wir, wer das Heimspiel hat. Max trägt immer ein Bayerndress mit Nummer und Namensaufdruck am Rücken. Zurzeit favorisiert er das Auswärtstrikot von Thomas Müller und das Heimtrikot von Lewandowsky. Dazu trägt er rote Adidas-Fußballschuhe.

Kurz denke ich an meine ersten Treter zurück. Es waren gebrauchte, die ich als Jugendspieler von einem Spieler der Ersten bekam. Als Kinder spielten wir im Sommer barfuß und sonst mit den Straßenschuhen.

Mit Gießkannen und Blumentöpfen markieren wir nun zwei Tore. Das war früher ähnlich. Dann beginnt das Match mit Dribblings, mit und ohne „Tunneln“, mit Fouls und Strafstoß, Handspiel und Pfostenschuss, Ermahnungen und gelben Karten, Verlängerung und Elfmeterschießen und dazwischen immer wieder Fehlschüsse in Omas Rosenbeet, dass die Blütenblätter nur so fliegen. Taktisch, vor allem was die Torsicherung anbelangt, bin ich auf Grund meiner Reife überlegen. Konditionell und kämpferisch hat Max ein deutliches Plus, so dass er meist mit einem Tor Vorsprung gewinnt. Im Falle eines Elfmeterschießens zieht er sich das Trikot und die Torwarthandschuhe von Manuel Neuer an. Bin ich dann im Tor, muss ich als Brillenträger höllisch aufpassen, da der Max schon einen mächtigen Schuss drauf hat. Während einer Spielpause versuche ich über die Einzelheiten unseres Spieles mit ihm zu reflektieren.

„Siehst du, das hättest du alles schreiben können, im Aufsatz, meine ich“, beginne ich behutsam.

Der Max schaut geradeaus, wischt sich den Schweiß von der Stirn und sagt: „Komm, Opa, das Rückspiel steht noch aus. Zum Schreiben haben wir jetzt keine Zeit.“ Natürlich, recht hat er. Das unmittelbare Fußballerlebnis ist nicht zu toppen. Mit theoretischem Schreiben darüber sollen sich jene befassen, die den Ball nicht treffen.

Er hat mich überzeugt: „Komm, Max, das Rückspiel beginnt.“

Meinetwegen kann der Max im nächsten Schuljahr, wenn das Aufsatzthema wieder dran sein wird, auch wieder nur einen Satz schreiben. Aber es würde mich wahnsinnig freuen, wenn er diesmal schreiben würde:

„Ich habe mit Opa Fußball gespielt.“ Und wenn er dahinter ein Smiley und drei Daumen-hoch machen würde, das wäre für mich das Höchste!

WEIHERNACHT

Von Dämm`rung überdacht,
von Erlen bewacht,
im trüben Spiegel
die Nebel dösen.

Komm, sternklare Nacht!
Dir ist eigen die Macht
die gezügelten Flügel
der Seele zu lösen.

HAIDENAAB

Sie gurgelt genüsslich und räkelt sich träge
im prunkvoll umrandeten Bett.
Wärmend hält die Uferlaubdecke
schüchternes Neugrün bedeckt.

Üppiges Moos überwuchert den Stein,
glitzert vor Freude und Saft.
Selbst Gräsern im flirrenden Sonnenschein
spendet sie Nahrung und Kraft.

Zweiglein und Blätter führt sie gönnerhaft mit
und bringt selbst Kiesel ins Rollen.
Doch aufhalten – nein. Das lässt sie sich nicht
im Drang, immer weiter zu wollen.

So sinne ich dem Wasserlauf nach,
er entwindet sich meinem Blick.
Er ergießt sich in Ströme, ja ins weite Meer –
und kehrt als Regen zur Quelle zurück.

NETZWERK

Lampen lügen Licht ins Dunkel,
bieten Glitter und Geflunkel.
Worte weichen Wahrheit auf,
nehmen Täuschungen in Kauf.

Weite virtuelle Welten
lassen nichts Reales gelten.
Gaukeln Glück und Glimmer vor
dem im Netz gefang`nen Tor.

Anonymer Hass und Hetze
füllen soziale Netze.
Fake-news werden aufgetischt,
Fakten einfach weggewischt.

Künstliche Intelligenz

Kennen Sie Alexa? So heißt meine neue Sprachassistentin. Nein, nicht was sofort wieder einige meinen – es ist die von „Amazon". Sie wartet still und geduldig, bis ich sie anspreche. Ich brauche nur „Alexa" zu sagen und schon ist sie bereit, mir Gehör zu schenken.

Sie kann mir spontan sagen, wann und gegen wen das nächste Spiel von Bayern München ist, weiß zuverlässig Datum und Uhrzeit, das Wetter der nächsten Tage, kann mich an wichtige Termine erinnern, mich wecken, die Geräte meines täglichen Haushaltes steuern, meldet mir die neuesten Nachrichten – Klasse!

Ich kann fragen: „Alexa, was hilft gegen Grippe?", oder „Alexa, warum heißt das Schwarze Meer Schwarzes Meer?", oder „Alexa, was ist die Grüne Woche?".

Insbesondere aber freut es mich, weil sie fast alle Musikwünsche erfüllen kann, und das in guter Tonqualität und ohne einmal zu widersprechen. Toll!

Ich brauche nur zu sagen: „Alexa, spiele die Schlager der achtziger Jahre!", oder „Alexa, spiele Entspannungsmusik!". Sie kann auch auf meine Bitte das Gedicht „Die Bürgschaft" von Friedrich Schiller vortragen oder den Text der Bayernhymne. Nur einmal hat sie mich bisher im Stich gelassen, als ich sie bat, mir die Ouverture aus „Dichter und Bauer" von Franz von Suppé zu spielen. Da sagte sie kleinlaut: „Ich kenne keine Suppe."

Ich spare mir Stapel von CD's und Stöße von Büchern. Alexa weiß viel, kann fast alles – einfach genial.

Kein Wunder, dass meine Alexa wegen ihrer grandiosen Fähigkeiten viele Neider hat. Die nennen sie verächtlich eine „Datenkrake". Wenn es nach denen geht, so lauscht Alexa rund um die Uhr auf meine Lebensäußerungen, Gewohnheiten, Gesprächsthemen, um mich dann bei irgend Jemandem, den ich nicht kenne, zu verpfeifen.

Da allerdings kann ich nur lachen. Als ob das neu wäre. Solche Alexas gab es im Dorf schon immer. Wer weiß nicht ein Lied zu singen von den selbsternannten Tugendwächtern und Moralaposteln, diesen lebenden Überwachungskameras an jeder Ecke. Ich spreche von den analogen biologischen Alexas aus Fleisch und Blut, die ihr Erlauschtes und Dazu-Erdichtetes vor den Kirchentüren und Metzgerläden preisgeben. Nur heißen halt die nicht Alexa, sondern – halt ein – nein, ich nenne keine Namen.

Wie auch immer – ich habe keine Angst vor Alexa. Nein, ich habe nicht die geringste Angst, weil ich das sicherste Mittel vor Abhörung durch einen Computer – und nichts anderes ist meine Alexa – weil ich die hundertprozentig sichere Abhörverhinderungsmethode kenne. Jawohl! Und ich verrate es Ihnen: Sie müssen, wenn sie nicht gerade mit Alexa sprechen, einfach oberpfälzisch reden. Unsere Oberpfälzer Mundart.

Ich wusste das auch nicht, bis ich einmal Besuch bekam von einem früheren Studienkollegen. Er ist blitzgescheit, spricht mehrere

Fremdsprachen, beherrscht das Hochdeutsche, aber im Alltag redet er nur oberpfälzisch, weil das – so sagt er – nur sehr sprachbegabte Menschen beherrschen. Bairisch (mit „i“, nicht mit „y“!!!) und damit auch Oberpfälzisch seien keine Dialekte, sondern eigene Sprachen, deren Wurzeln ein wesentlich höheres Alter aufweisen als das Hochdeutsche. Denn erst im Spätmittelalter, nicht zuletzt auch mit der Bibelübersetzung Dr. Martin Luthers, kam es zur Verschriftlichung der Sprache. Diese einheitliche Schriftsprache - in den Kanzleien und Amtsstuben durchaus von Bedeutung - wurde zunehmend auch von den „schnellmauligen Städtern“ (G. Herburger) übernommen und so zum vermeintlichen Hochdeutsch vor allem in den nördlichen Landstrichen Deutschlands.

„So gesehen“, sagt mein Freund aus gemeinsamer Weiherkindheit, „ist der Preuß dem Computer ähnlich. Beide verstehen kein Oberpfälzisch.“

Dann brachte er den Beweis:

„Alexa“, schmeichelte er, und diese spitzt sofort ihre digitalen Ohrwascheln, „schbül amal `Wenn oina a schdoinigs Aggerl hout ...“. Sie kennen bestimmt alle dieses schöne, uralte oberpfälzer Lied.

Es war unglaublich. Mein vermeintliches Multitalent, mein digitaler Liebling, meine getreue Sprachassistentin Alexa war hilflos.

Mein Freund sprach weiter: „Alexa, schbül dös Liadl:`Äitz sing ma amal des Ding - im Schubkarr`n is koi Radl drin…`!“

Mir tat Alexa so leid. Immer wieder bedauerte sie: „Ich kann dich nicht verstehen“, oder „Kannst du deine Bitte wiederholen“, oder einmal gar „ich glaube, du bist betrunken“.

Was lernen wir daraus?

Wer unsere Mundart kann, sollte sie zu Hause gebrauchen, sie hegen und pflegen. Er sollte sie nicht eintauschen gegen die „feinere“ Umgangssprache. Sie ist weit verbreitet, geht mit der Mode, orientiert sich am Zeitgeist und bietet sich an in der Kommunikation über die neuen Medien.

Wer heutzutage „up to date“ ist, befindet sich im „flow“, wenn er gut drauf ist. Er vermeidet das absolute „no go“ und schlabbert aus seinem Plastikbecher den „cafe to go“. Haben Sie es gehört? Das sind dieselben sprachliche Laute wie im „Bou, dou zou“.

Die von sogenannten Experten herablassend als „g`schert“ bezeichneten Laute finden sich allesamt im Englischen wieder. Es war schon ein ausgesprochen peinlicher intellektueller Fehltritt, als so ein Neunmalkluger sagte, wir Oberpfälzer würden statt zu sprechen eher bellen. Oberpfälzisch ist salonfähig und hat mit der Weltsprache Englisch mehr Gemeinsamkeiten in der Lautgestaltung als jede andere Sprache. Unsere oberpfälzer Laute findest du bei Shakespeare, Hemingway und Huxley, also in der absoluten Weltliteratur.

Auf Grund der Eigenheit und Schönheit unserer Mundart erscheint sie einem Ausländer, der perfekt deutsch sprechen erlernt hat, wie eine Fremdsprache. Das macht unser Oberpfälzisch so wertvoll und - absolut abhörsicher. Jeder Trojaner und Hacker der digitalen Welt beißt sich an unserer Sprache die Zähne aus.

DER STEG

er
symbolisiert
trennen und verbinden
trägt reiche erinnerungen
verknüpft gestern und heut

er

weiß

von abschied und wiederkehr

tröstet verletzte herzen

und garantiert verschwiegenheit

GRÄSER

Sie werden getreten, gebogen, geknickt,
gerupft, gar gierig gefressen,
gebrochen und zu Boden gedrückt
und tun, als sei nichts gewesen.

Sie heben die Köpfe und lächeln heiter,
sie renken sich ein und richten sich auf,
sie tragen nicht nach und schmeicheln weiter
unserem fröhlichen Barfußlauf.

Nicht frostiger Wind noch glühende Hitze,
nicht Hagel noch Regenguss,
nicht Blitze und auch nicht Sensenschnitte
bereiten ihnen Verdruss.

Sie spenden den Augen farbenreich Freude
und Heimat der Kleintierschar.
Sie legen den stets grünen Teppich aus –
unkränkbar das ganze Jahr.

Digitale Hieroglyphen

Ich bin in der Zeit der Briefe aufgewachsen. Man schrieb Briefe an die Eltern, Geschwister, Verwandten und Freunde und freute sich, wenn man einen erhielt. Ein Brief nach Amerika war sechs Wochen unterwegs. Für die schnelle Nachricht gab es nur das Telegramm. Aber das war sehr teuer. Dann kamen allmählich jene schwarzen Telefonapparate mit Wählscheibe. Vor denen hatte man noch eine gewisse Scheu. „Red du ei!“, sagten viele Ältere und gaben den Hörer weiter.

Telefonisch konnte man nun schnell Nachrichten übermitteln. Beschleunigung war angesagt. Plötzlich ging den Menschen alles zu langsam. „Tempo(!)“ schrieb man auf die neuartigen Papiertaschentücher – gottlob fehlt dieser Zusatz bislang auf dem Klopapier. Dann kamen „fast – food“ und „speeddating“, und neuerdings will jeder das „schnelle“ Internet. Jetzt kann man per SMS und E-Mail sofort und gleichzeitig mit dem Autofahren, Einkaufen, Joggen oder aus der Badewanne fragen, mitteilen und antworten, und zwar weltweit.

Die allgemein fortschreitende Smartphonisierung des Landes setzte noch eins drauf. Warum noch in umständlichen Wörtern und Sätzen reden? Bildchen tun es schneller. Auf den Handys und Computern tauchen nun Piktogramme, sogenannte „Emojis“ auf: Grinsgesichter, Herzchen, Kussmund, Daumen hoch – iPhones verfügen über eine Emoji-Tastatur mit Hunderten von Symbolen.

Ich gestehe – auch ich füge nun solche Bildchen in meinen digitalen Dialog. Das macht man so, sagen meine Enkel. Auch ihretwegen möchte ich ein Mitglied der modernen Welt sein. Ja, ich möchte dazu gehören. Aber ich kann sagen: „Die anderen haben damit angefangen!“

Meine Enkel zeigten mir, wie man das macht. Auf meine Warum-Frage blieben sie mir die Antwort schuldig. „Das macht man so, weil…“ – dieser

Satz wird in der virtuellen Welt nicht vollendet. Natürlich, weil es schnell geht, vor allem aber auch – weil es cool ist.

Also, analoger Opa, halte dich nicht lange mit mühsamer Sinnsuche auf! Gib deiner digitalen Korrespondenz ein möglichst infantiles Outfit! Der Smiley muss her! Es ist schon kurios. Ich habe das Abitur gemacht, Staatsexamina abgelegt, diverse Zusatzqualifikationen erworben, Vorträge gehalten, Briefe an Behörden und Ministerien geschrieben – habe dabei immer versucht, mich gut verständlich zu machen und zu überzeugen, und soll nun meine Texte mit ulkigen Emojis aufpeppen.

Aber das Diktat des modernen Mitmachzwanges ist unerbittlich. Inzwischen traue ich diesem Netzzeug nämlich alles zu. Wer heute nicht ganze Hundertschaften von Emojis und Abkürzungen aus dem Ärmel schüttelt, der wird schon morgen einen Dolmetscher für seine Enkelkinder brauchen. Die meinigen wollten mir das in dankenswerter Weise ersparen. Sie öffneten mir die Augen. Ich erkenne inzwischen meinen Nachholbedarf.

Aus dem Urlaub bat ich per WhatsApp, jawohl, das habe ich auch, obwohl ich früher immer sagte: „WhatsApp hat nur der Depp" – ich bat also einen Bekannten, ich schrieb dabei in ganzen Sätzen, nach den Regeln der Rechtschreibung und der Höflichkeit: „Schau bitte bei uns zu Hause nach, ob alles in Ordnung ist!" Die zwei „Daumen hoch", die zurückkamen, hatte ich glatt übersehen. Deshalb bat ich erneut um Nachricht. „Kannst du nicht lesen?", fragte er zurück. Ein „Daumen hoch" für das Haus, ein „Daumen hoch" für den Garten.

Ich glaube, wir begeben uns gerade zurück in die Kultur der Höhlenmalereien der Steinzeit, schaffen die Schrift wieder ab.

Mal ehrlich, wann haben Sie Ihren letzten Brief geschrieben? Mit Tinte auf sorgfältig ausgesuchtem Papier, jede Formulierung gründlich abwägend? Oder gar einen Liebesbrief, Empfindungen und Sehnsüchte nach außen kehrend, verschlüsselt und in feine Worte gegossen, die Anrede farbig ausgemalt?

Dem modernen Menschen fehlt die Geduld zum Handgeschriebenen. Briefpapier und Füller sind aus der Mode geraten. Der persönlich gestaltete, einmalige und unverwechselbare Brief wurde abgelöst vom digitalen Einerlei. Und gar die Finnen, Seriensieger der Pisa-Studien, diskutieren gerade, an ihren Schulen das Schreiben mit der Hand abzuschaffen.

Warten wir`s ab. Vielleicht wird es wieder einmal chic sein, Gedanken und Gefühle per Hand und in gewählten Worten und stimmigen Sätzen zu Papier zu bringen und sich so über den digitalen Durchschnittsmenschen zu erheben. Es könnte wieder etwas Besonderes, ein nahezu feierlicher Akt werden, den Füller aufzuschrauben und auf den Bogen weißen Papiers zu setzen.

Die Steilheit des Winkels, in dem die Feder aufs Papier trifft, und der ausgeübte Schreibdruck entscheiden über Tintenfluss und Schreibspur, über die ebenmäßig gerundeten Arkaden und Girlanden und die wie am Lineal gezogenen Auf- und Abstriche. Eine saubere Handschrift – welch Kunstwerk des Schreibers, welch Augenschmaus für den Leser!

Ich habe wieder begonnen, in Schönschrift Briefe zu schreiben. Für mich ist die handschriftliche Post das intimste Kommunikationsmittel. Manchmal sind es nur ein oder zwei Sätze, aber meinen allerengsten Freunden schreibe ich ganz analog mit der Hand. Das sind sie mir wert. Es geht darum, mir Zeit für sie zu nehmen, in Gedanken bei ihnen zu sein. Das hat etwas sehr Rituelles, etwas angenehm Ruhiges, etwas Liebevolles.

Gespannt warte ich auf die Antwort. Und groß ist die Freude, wenn im Briefkasten ein handbeschriebenes Kuvert liegt.

Der schön geschriebene Brief: einmalig, unverwechselbar, individuell, ein Unikat – etwas für die Schatztruhe!

bleib
gesund

ZEITVERGLEICH

Wenn unsa Zeit wäi`s Wasser waar
in unserm Brandnergroom,
nou kannt mas grood so, wäi mas braucht,
aschdaua aaf da Wäijer droom.

Nou louat mas, wäis oin grod passt,
mal langsam lafa, a mal gschwind,
nou kennat ma koin Schdräss, koi Hast,
waal koin mehr d` Zeit wegrinnt.

Und - unda da Recherbrugg,
dou rinnat`s ei in Weiha.
Durt legert ma Reservn z`ruck –
und des niat nea für haia.

Ma kannts in Oimern oder Flaschn
hamtroong und in Kella schdelln,
kühl lagern, niat verdampfn lou`n,
vielleicht sogoa bei ebay bschdelln.

Ich fürcht, dann kafert unsan Weiha
mitsamt der schäina Weihazeit
a Scheich oder a Börsengeier -
und furt wars, unsa guate Zeit.

BADEN AAF DA WÄIJER

Ungetrübtes Ferienfühlen!
Erfrischender Spaß
im rauschenden Nass -
ohne der Jugend
glühenden Reichtum
zu kühlen.

IM SPIEGEL

Erlen, Weiden, Ahornkronen,
die überm Röhrichtgürtel thronen,
wiegen im Wind sich eitel und fein,
jede will ganz vorne sein
auf dem Weiherspiegelbild.

War`s ein Springfisch, war`s der Wind,
ein Flügelschlag, ein spielend Kind?
Der glatte Weiherspiegel zittert,
wackelt und zerbricht,
vereitelt die Gesamtansicht.

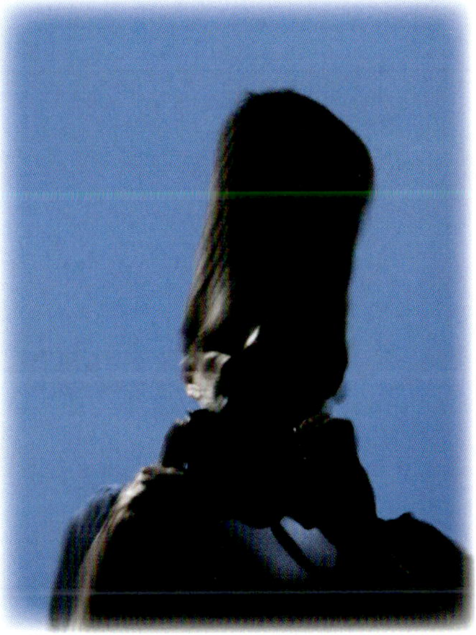

Meisterlich verwischt
auch dein digitaler Visagist
das Doppelkinn, der Zähne Lücken,
die Falten und manch and`re Tücken.
Nicht Sein, nur Schein -
ein Selfie-Star kann jeder sein.

Volkspoesie

„Boum, saad`s halt niat so iwadiwa!“, mahnte Mutter, wenn ich mit aufgeschürften Knien oder einer Beule heimkam - häufige Spuren der ganz normalen Aktivitäten der Weiherbuben. „Laou amal daou wos saa“, seufzte sie dann. Um die medizinische Versorgung war es nämlich schlecht bestellt. Es gab keine Arztpraxis im damaligen Dorf.

„Laou amal daou wos saa…“ – welch liebevoll formulierte Sorge, welch Klangschönheit! Ein Jonglieren mit den Lauten, ein Hörgenuss, ähnlich der Melodie eines Liedes, ach was – einer Arie, einer Hymne, deren Klangbild alleine dafür entschädigt, dass viele den Inhalt nicht verstehen. Er ist ins Hochdeutsche unübersetzbar.

Melodie und Rhythmus gleichen einem Vers aus den Satiren von Horaz oder einer Sentenz aus den Metamorphosen des antiken Poeten Ovid. Ich kann heute noch den Anfang seines „Goldenen Zeitalters“ fließend aufsagen: „Aurea prima sata`st aetas quae vindice nullo sponte sua sine lege fidem rectumque colebat…“ Ich musste dies dereinst zur Strafe auswendig lernen – heute bin ich froh darüber. Ein verspätetes Dankeschön an den „Hias“, meinen Lateinlehrer selig!

„**Au-**re-a **pri-**ma sa-**ta`st** – **laou** a-mal **daou** wos **saa**” – um Missverständnissen vorzubeugen: das ist nicht die oberpfälzische Übersetzung des lateinischen Urtextes. Aber - Lautfolge und Versmaß

sind bei beiden gleich schön - nein, viel schöner als die Verse der Klassik. Und human statt humanistisch. G.H. Herder nannte die Sprüche der einfachen Leute mit Recht „Volkspoesie“.

„Laou amal daou wos saa…“

Geisteswissenschaftlich betrachtet ist der Spruch der spekulativen Philosophie zuzuordnen. Ihre Überlegungen beruhen auf bloßen Mutmaßungen. Die Hypothesen dieser Denkrichtung sind vielfältig, letztendlich aber ist nichts bewiesen, erwiesen oder gar gesichert.

Grammatikalisch gesehen steht das sinntragende „wos“ für das unbestimmte Fürwort „etwas“. Was damit konkret gemeint ist, erfahren wir nicht, aber dieses Etwas könnte gegebenenfalls eintreten. Es ist eigentlich alles möglich, nur halt nichts „G`scheit`s“ – soviel steht fest. Ist es ein Unglück, ein Mangel, ein Fehlverhalten, eine Gefahr? Der Spruch gibt lediglich zu bedenken, dass es nicht auszuschließen ist, dass „etwas“ sich ereignen könnte, denn es ist im Leben gar nicht so selten, dass „wos is“.

Äußerst interessant ist auch die Verwendung des Verbums „laou“, welches darauf hinweist, dass die Rolle des sprechenden Subjekts absolut passiv ist. Der Betroffene muss es, ob er will oder nicht, ganz einfach „(zu-)lassen“. Alternativlos. Er kann für das mögliche Geschehen nichts, es geschieht ohne sein Zutun und ohne seinen Willen, er ist dem Geschehen ausgeliefert, es wird über ihn verfügt. Es bricht ungefragt über ihn herein, kommt unausweichlich auf ihn zu, es gibt kein Entrinnen. Er muss es ganz einfach mit sich geschehen „laoua“.

Der Spruch mahnt, Vorsicht walten zu lassen, Leichtsinn und Oberflächlichkeit auszuschalten, das Für und Wider abzuwägen, nicht blindlings in Unternehmungen zu starten, deren Ausgang offen ist.

„Laou amal daou wos saa“- je reicher das Leben an Erfahrung, desto häufiger wird der Satz ausgesprochen: von den Eltern öfter als von den Kindern, von Lehrern öfter als von Schülern, von Weisen eher als von den Törichten…

Der weise Spruch kommt mir ungewollt in den Sinn, oft bei den banalsten Ereignissen. Bereits beim Durchblättern der Tageszeitung, die mich mit den weltpolitischen Hauptfiguren und deren Aussagen konfrontiert, entfährt mir unwillkürlich ein „Laou amal daou wos saa…“

Seit man den maroden Zustand der Brücken in unserem Lande eingesteht, plane ich meine Autofahrten so, dass ich möglichst keinen Fluss mehr überqueren muss, nehme weite Umwege in Kauf. Allein bis Weiden benötige ich statt der zehn Kilometer inzwischen schon die fünffache Strecke. Wenn mich jemand darauf anspricht, weise ich auf den Brückeneinsturz in Genua hin und sage: „ Laou amal daou wos saa…“

Richtig übel wird es mir, wenn ich vom erbärmlichen Zustand unserer Bundeswehr lese. Nicht einmal die Hälfte der Kampfflugzeuge kann starten, die gerade neu angeschafften Puma-Schützenpanzer sind mangelhaft ausgerüstet und frühestens 2025 einsatzbereit, und mit sechs defekten U-Booten fällt eine Waffengattung der Marine komplett aus. Unsere Truppe erregt statt Abschreckung inzwischen Mitleid – „Laou amal daou wos saa…“

Und unsere Deutsche Bahn AG: Verfallene Gebäude, verrostete Weichen, verstopfte Toiletten, die neue Pünktlichkeit heißt „Verspätung“ – „Laou amal daou wos saa…“

Hat sich etwa im naiven Fortschrittsglauben unserer Zeit schon eine Art resignativer Fatalismus breit gemacht? Über den Berliner Flughafen lächeln wir nur noch. Stuttgart 21, Erderwärmung? „Is so“, hört man heute oft sagen.

„Nicht mit uns!“, sagt die Jugend der Welt. Die jungen Rund-um-die-Uhr- Handynutzer protestieren gegen die katastrophale Klimapolitik - und die Politiker machen den Klimaschutz erstmals zum Gesetz. Es ist schon bemerkenswert, was Schüler/Innen heute allein dadurch bewegen, dass sie einen Tag in der Woche nicht zur Schule gehen.

Das „Laou amal daou wos saa“ der einfachen Leute und „Fridays for Future“ der Schülerschaft haben vieles gemein, insbesondere die Sorgen und Ängste um die Zukunft. Die Phraseo-Schablone „…for future“ wurde sogar zum Anglizismus des Jahres 2019 gekürt. Aber – an Wohlklang und Rhythmus fehlt es dieser globalen Protestparole bei weitem. Der Zugang in den Olymp der Volkspoesie wird ihr wohl verwehrt bleiben.

MEI STAAMANNDL

Als Bou
am Brederstouß, am Gaddnzaun,
aaf Haiboonloiddern, Weihabaam –
an weit`n Blick.

Mit Steigeisen und Schi
am Arwa, Sella, Spitzingsee,
Wilden Kaisa und Saas Fee –
a staades Glück.

Iwerall an Staa mitg`numma,
dahamm iwaranandag`schlicht -
mei`stoinas Manndl kräigt a G`sicht.
Mia denka z`rück

an Gletscherspalten, Polarlichter,
vertraute und verblasste G`sichter,
ans Jungsaa, aa ans öllder wern -
mei Staamanndl denkt niad ans Ster`m.

Small Talk

Die Schatten der Uferbäume werden länger und die Sonne setzt alles daran, sich glühend in den Weiher zu ergießen. Ich genieße das Licht der Abendstunde, in der früher das Tagwerk beendet wurde. Feierabend nannte man das und Mutter setzte sich aufs Hausbankl, atmete tief durch und sagte: „Äitz dou i amal a bisserl nix." Daran denke ich, als ich auf dem Weiherbankl Platz nehme. Wohltuend umfließt mich die feuchte Kühle.

Auch der Kare hat sich einen Abstecher zum Weiher gegönnt. Schweigend sitzen wir nebeneinander. Nein, wir sind nicht verkracht. Bei uns ist es nicht üblich, sich lautstark zu begrüßen, Bussis links und rechts zusammen mit höflichen Komplimenten auszutauschen.

„Und?" frage ich nach einer Weile.

„Basst scho!" die umfassende Antwort.

Damit ist zunächst alles gesagt. Man schätzt sich. Und die Hilfsbereitschaft ist nahezu sprichwörtlich. Braucht man schnell eine Bohrmaschine, steht der Keller unter Wasser oder ist ein Dachziegel verrutscht - die Nachbarn sind zur Stelle und nicht selten schließt sich der getanen Arbeit „a Seidl Bäija" an. Dorfleben war immer schon getragen von den mitmenschlichen Beziehungen untereinander. Es ist anders als das seelenlose Nebeneinander der anonymen Großstadt. Im Dorf kennt man sich, weiß um die Sorgen und Freuden des anderen, weiß, woher er kommt, was er hat und was er kann.

Die Einsilbigkeit auf dem Bankl tut gut. Was anderswo als Unfreundlichkeit bezeichnet wird, genau das ist es, was wir so schätzen. Es ist eine „wohltuende verbale Zurückhaltung".

Ich muss an den französischen Diplomaten und Schriftsteller Francois de La Rochefoucauld (1613-1680) denken, der sagte: „Große Geister pflegen mit wenig Worten viel, kleine Geister mit vielen Worten nichts zu sagen“.

DER ALTE ERLENSTUMPF

Er hält die nackte Sägewunde
schamrot ins helle Sonnenlicht,
denn offen liegt nun
zu jeder Stunde
sein ureigenster Lebensbericht.

In den Jahresringen steht alles geschrieben:
vom Wachsen und Werden, bestand`nen Gefahren,
von Krankheit und Stürmen –
welche Wundmale blieben
in armen und in üppigen Jahren.

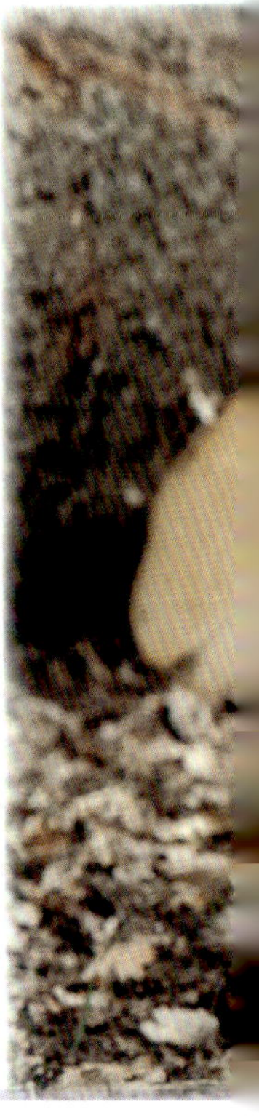

Doch aus schattigem Abseits im Ufersumpf,
wo Kriechkraut zu Füßen der Erlen döst,
hat samtweiches Moos
den uralten Stumpf
bedeckt - und so vom Pranger erlöst.

Amazon analog

Zweimal im Jahr, im Frühjahr und Herbst, herrschte freudige Spannung in jedem Haus. Endlich kam der „General“, so nannten alle im Dorf unseren schwergewichtigen Postboten – er war zugleich auch Bürgermeister. Er polterte in die Küche. Das konnte er, weil keine Haustür tagsüber zugesperrt war. Er kramte in seinem ledernen Ranzen. Dann knallte er den dicken, schweren Quellekatalog auf den Küchentisch und sagte: „So, äitz kinnt`s wieder wos b`schdölln!“.

Mit dem Quellekatalog kam gleichsam „Amazon analog“ ins Haus. Auf

über tausend Seiten konnte man Zehntausende von Artikeln bestaunen. Eine wahre Fundgrube, ein Schatzbehälter für jede Familie mit durchschnittlichem Einkommen. Man musste kein Topverdiener sein, um sich die gesamte Breite des täglichen Konsums auf „Quelleniveau“ leisten zu können.

Zuerst blätterte sich die Damenwelt des Hauses durch das Shopping-Glück. Da wurde betrachtet, begutachtet, verglichen, kommentiert, beraten, vor- und zurückgeblättert, angekreuzt, bezweifelt, bestärkt, entschieden, wieder verworfen – eine fachsimpelnde Damenrunde war unermüdlich mit der Geschmacks- und Meinungsbildung beschäftigt. In erweiterte Beratungen wurden auch Oma, Tante Berta und die hintere Nachbarin mit einbezogen.

Es konnte Tage dauern, bis endgültig entschieden war, welches Kleid, welche Schürze, welche Schuhe bestellt werden sollten. Ein Umtausch war ausgeschlossen, oder zumindest recht kompliziert.

Bei Vater und den großen Brüdern ging es schneller. Sie wussten schon im Vorfeld, welche Bohrmaschine, Schraubenzieher und Zangen man brauchte, welche was taugten oder eben nicht.

Nach Tagen durften auch wir Kinder einen Blick hinein tun. Noch heute besitze ich die Dampfmaschine, die mir einst das Christkind brachte. Erst hatte ich sie im Katalog angekreuzt, endlich durfte ich sie ausschneiden und auf den Brief an das Christkind kleben. Ich halte sie in Ehren, putze das Metall und öle sie manchmal. Dann wird es in meiner Erinnerung wieder Heiligabend im Kreise der Familie…

Am schönsten aber war es, wenn ich mit dem Quellekatalog allein war. Dann konnte ich bei besonders interessanten Seiten verweilen und ungestört die „Erwachsenenseiten“ studieren. Da waren die neuesten Taschenmesser, Angelruten, Schlittschuhe und „echte“ Eishockeyschläger - das war schon etwas anderes als unsere geschnitzten Krummstöcke! Und diese moderne Bademode! Erstmals im Leben las ich das Wort „Bikini“. Aber es vergingen noch Jahre, bis wir die ersten Modelle auch „aaf da Wäjier“ bestaunen durften.

Der Quellekatalog war die Konsumbibel, oft gar das einzige „Buch“ im Haus. Und so leistete er auch wertvolle Hilfe beim Leselernprozess. Wir Kinder mussten laut daraus vorlesen, durften Buchstaben ausschneiden, neue Wörter zusammensetzen, Bildcollagen anfertigen, mussten zur Strafe Texte abschreiben ...

Auch für die ganz Kleinen im Laufstall brachte der Quellekatalog lustvolle Beschäftigung. Stundenlang blätterten sie darin, plapperten dazu, lernten mit Hilfe der Oma die Namen und Bezeichnungen vieler Dinge und Gegenstände dieser Welt. Gerade Kleinkinder bevorzugen jene Bilder, die die Welt so wiedergeben, wie sie in Wirklichkeit ist. Sie fordern eine Naturtreue in Gestalt und Farbe. Der Quellekatalog war für die kleinen Betrachter die Wiederholung eines Stückes der sie umgebenden Welt.

Er war ein „richtiges“ Bilderbuch und darüber hinaus ein nie ermüdender Babysitter, der die Mutter während der täglichen Hausarbeit entlastete. Trotzdem war die Mutter da, ihre unterstützend-helfende Gegenwart und die Bereitschaft zuzuhören und anzuschauen, erweiterte Wortschatz und Wissen der kleinen „Leser“. Der Quellekatalog wurde zum umweltzeigenden und umweltklärenden Elementar-Bilderbuch, vereinte „Homeoffice“ und „Homeschooling“.

Nach einem halben Jahr brachte der „General“ den neuen Katalog.

Der alte hatte damit aber noch lange nicht ausgedient. Er diente nun zum Pressen von Blüten und Blättern und die gelegentliche abendliche Lektüre darin weckte weiterhin die unterschiedlichsten Wünsche und Begehrlichkeiten. Nicht alle Blätter wurden herausgerissen und zum Entfachen des Herdfeuers benützt.

Die multifunktionale Verwendung des Quellekatalogs wird mir heute bewusst, wenn ich all die Werbeprospekte, die uns täglich zumüllen, ungelesen in die Papiertonne werfe.

HOME-OFFICE?

Damit i niat den Mut verlier',
bringt mei Frau a Flascherl Bier:
„Is des niat a toller Service?
Kannst glei trinken, weil's scho off is."

Daher also „Home-Office" -
häit niat g'moint,
dass' so einfach is.
(Wos hom dou manche für a Gschieß!)

ZUM 70.

Siebzigmal Herbst, die Astern verblühen,
mit den Schwalben wolltest du südwärts ziehen.
Siebzigmal Winter zwang dich zu bleiben,
du hauchtest Eisblumen an die Scheiben.

Siebzigmal Mai, du hast Flieder gepflückt,
siebzigmal hat dich der Sommer entzückt.
Wolltest den Frühling in Händen halten,
mit dem Sonnengold frohe Bilder gestalten.

Vorwärts fließt der Strom der Zeit.
Er kehrt nicht um. Drum - sei bereit!
Herbst wird es wieder, auch wieder Mai –
wer weiß, ob du dann noch dabei?

Lichterzeit

In der Vorweihnachtszeit steigert sich die Sehnsucht nach dem „Licht in der Dunkelheit". Wie man das auch verstehen kann, wurde mir eindringlich in den Callaway-Gardens vorgeführt. Im Schritttempo rollte unser Cabrio durch den riesigen Freizeitpark, der sich in ein zauberhaftes Weihnachtsmärchen verwandelte. Die gesamte Flora und Fauna der Pine-Mountain schien sich in Lichterwesen verwandelt zu haben. Pilze, Bäume

und Sträucher, sämtliche Waldvögel, Rehe, Hirsche und Hasen, Elfen, Zwerge und Waldfeen, Sonne, Mond und Sterne, mit und ohne Schweif, dazu Nussknacker, Hirten, Cowboys und Schafe, Pferde und Schlitten, Heerscharen von Weihnachtsmännern, Schneemännern und Engelwesen - hinter jedem Baum und Strauch lugte etwas hervon und erhob sich in die Lüfte, bestehend aus unzähligen Lämpchen und Lichtlein, begleitet vom Weihnachtssound aus riesigen Lautsprecherboxen. Der helle Wahnsinn!

Was in der Natur bestimmten Tieren und Pflanzen passiert, wenn man ihnen die Dunkelheit und Stille der Nacht stiehlt, wird nicht bedacht. Naja – so ist halt Amerika…

Denkste! Jahre später war ich „auf der Zeil" in Frankfurt. Pünktlich um 18 Uhr legte der Chef des größten Einkaufzentrums der Mainmetropole - 47 000 Quadratmeter Verkaufsfläche, hundert Geschäfte, auf dem Dach Hessens höchste Eislaufbahn – feierlich den Stromschalter um. Vom Vordach über die gläserne Gebäudefront bis rein ins Foyer sprang ein Rudel riesiger Hirsche, bestehend aus gebogenen Aluminiumrohren, mit Hunderttausenden von LEDs umwickelt.

Gleichzeitig wurden fünfhundert Meter Konturbeleuchtung, eine elf Meter hohe vollbeleuchtete Weihnachtstanne sowie ein XXL-Weihnachtssessel eingeschaltet, atmosphärisch abgerundet von Grüngirlanden in einer Gesamtlänge von mehr als einem Kilometer.

Die sogenannte Switch-on-Zeremonie soll den Höhepunkt des Jahres einläuten – den Adventsverkauf. Mehr als eine Million Euro schätzt das MyZeil Frankfurt die Ausgaben für die Weihnachtsbeleuchtung. Der helle Wahnsinn!

Auch unsere Kleinstädte werben mit ihren erleuchteten Einkaufsstraßen. Je größer das Lämpchenmeer, desto stolzer der Stadtrat, schreibt die lokale Presse. Selbst die Privathäuser der Wohnsiedlungen erstrahlen im nachbarlichen Prestigegerangel immer heller. Die Weihnachtsbeleuchtungen in den Vorgärten reichen von Lichterkränzen und meterhohen Schneemännern bis zu Rentierrudeln – der stromsparenden LED-Technik sei Dank. Das ganze vervollkommnet der balkonkraxelnde Santa Claus in roter Hose und mit geschultertem Sack. Der helle Wahnsinn!

Am vierten Advent besuchte ich die Weiherweihnacht am Ufer unseres Weihers. Einige Glühweinbuden, ein festlich erleuchteter Christbaum vor dem Rathaus, ein paar offene Feuerstellen und Fackeln, die sich im Weiher spiegeln. Aber dicht gedrängt die Leute – Alte und Junge, Eltern mit ihren Kindern, Freunde und Nachbarn – alle fröhlich plaudernd und friedlich gestimmt.

Hier gibt man der Dunkelheit noch eine Chance. Die Dunkelheit wird ein immer kostbareres Gut, seitdem man allerorts die Nacht taghell erleuchtet. Man übersieht, dass das Licht erst dank der Dunkelheit Sinn macht. Es bleibt für jeden unvergesslich, wenn er erleben darf, wie er nach einer stockfinsteren Nacht mit den ersten Strahlen der aufgehenden Sonne wieder sehen kann.

Mit ein paar Freunden stehe ich um die wärmenden Flammen einer Feuerschale. Ihr züngelnder Tanz hat etwas Magisches, sie geben dem Licht Bewegung. Jeder Mensch verbindet mit dem Feuer intensive Gefühle, empfindet die Schönheit der Farbe des Lichtes und der glimmenden Glut. Ohne Feuer wäre die Menschwerdung nicht möglich gewesen, es ist das Licht, das er sich selbst gemacht hat. Der Wolframfaden in der

Glühlampe war für viele das letzte Feuer in ihrer Wohnung. Den glühenden Metallfaden empfanden wir deswegen angenehm, weil er uns an das wärmende Feuer erinnert hat. Das Problem der LEDs ist deren Virtualität. Das macht die kalte Lichtfarbe, es bewegt sich nichts, es fehlt die Emotion.

LEDs – und seien sie noch so zahlreich – taugen besten Falls als tote Beleuchtung, geben lediglich Helligkeit. Flammen dagegen spenden Licht. Das ist qualitativ etwas ganz anderes. Das beinhaltet auch Wärme und Lebendigkeit. Ich werde meiner Frau vorschlagen, unseren Christbaum daheim wieder mit Wachskerzen zu beleuchten ...

HERBSTFLUG 2001

In der Stunde sechshundert Meilen,
trotzdem kannst du still verweilen:

Über lärchenblonden Wäldern,
Aug in Aug mit schwarzen Seen.
Saugst auf das Goldengelb von Feldern,
siehst Wind in Wolken weh`n.
Des Leuchtturms Blinken drängt sich vor,
der Städte Chaos glänzt im Lot.
Kein Missklang trübt dir Herz und Ohr-
weit weg scheinen Leid und Tod.

Plötzlich streift dich wie kalter Hauch:
Der 11. September begleitet dich auch.

EISKUNST

Treu begleitet vom rauen Nordost
schwingt den Zauberstab Meister Frost.

Er bläst und formt virtuos und geschwind
Modeschmuck, nur aus Wasser und Wind.

In sträucherdichten Uferzonen
funkeln seine Kreationen.

Selbst Trauerweiden lächeln entzückt,
wenn er ihre schlaffen Arme schmückt

mit Perlen, Kugeln, Ketten, Ringen,
Blüten, kuriosen Dingen,

Sternen, Zapfen, Witzfiguren:
originell sind seine Spuren.

Für jeden etwas, ob jung oder alt.
Allein – die Fische lässt dies kalt.

WINTER

Oag`schneit houts oft Dooch und Nacht,
da Weiha hout trong bis Fosenacht,
s´Eis woa so dick, dass vo selber is gschbrunga,
Vögl und d`Räih hom koi Foutta mehr gfunna.

D`Oma hout gschdrickt Handscha und Schal
und kratzerte Pullover, zum trogn woarns a Qual.
Doch in da Kelt drass` hom mia niat gfroarn
und an da frischn Luft is nu koiner krank woarn.

Ja, fräiha woarn däi Winta schdrenga,
heit dagegn tout`s bloß nu renga
und woarm is, dass koi Meiserl friert,
koi Eisbluma mehr unsa Fenster ziert.

Aba azong sans, dass ner so schwitzn
im SUV mit Daunenmützn
und Moonboots, Softschell, Microfleece –
dao mousst ja krank wern, ower g`wieß.

Noudlt er scho?

„Des kannst dir denka“, sagte ich, „glaabst mir ja nix.“

Meine Frau hatte die Fichte schon vor vierzehn Tagen ins Haus gebracht. Als ich nun den Stamm für den Ständer passend schnitzen wollte, rieselte es bei jeder Bewegung. Nein, nicht der Schnee und auch nicht leise, sondern die Nadeln unter meinem lauten Schimpfen.

Ich war zwar auch der Meinung, dass es der Tradition nach die gute alte Fichte sein sollte, die an Weihnachten zu schmucken Ehren kommen sollte. Aber dann müsste ich diese, so erklärte ich meiner Frau, am frühen Morgen des Heiligen Abend aus dem Wald holen, nachdem ich sie lange vorher bereits auserwählt hatte. Dann würde sie über Weihnachten herrlich frisch nach Wald duften und das „Noudl`n“ würde erst zu Silvester einsetzen.

„Bist narrisch“, sagte sie, „willst di derwischen lassen und a saftige Schdrouf zohl`n? Und däi Schand`!“

„Christkindlbaam-Klau`n g`häiad mei Lätta (mein Lebtag) zum Brauchtum“, schwindle ich.

„Des verwechselst mit‘m Maibaam. Jetzt fahrst zum Liebisch-Gärtner. Der wird scho nu oin homm“! Während ich grantelnd ins Auto steige und losfahre, komme ich ins Sinnieren.

Ich philosophiere, dass das „Noudl`n“ ein Sinnbild für unser aller Dasein ist. Manchem „noudl`t“ das Haupt, dem anderen dieses oder sogar jenes. Doch der momentane Zeitgeist verdrängt die Tatsache des „Noudl`ns“, das Memento mori, das Bedenken des eigenen Vergehens. Insofern ist die Weihnachtsfichte das klassische Signum des Vergänglichen und Endlichen.

Aus dem Autoradio klingen Weihnachtslieder. Es sind die vertrauten Melodien, Schnulzen, Volkslieder und Kantaten von Winter und Weihnacht, niedlichen Engeln, Rentieren und Schneemännern.Irgendwie spüre ich, wie in ihnen auch christliche Kultur und Traditionen fortleben, untrennbar verbunden mit Gefühlen und Erinnerungen.

Man sollte aber nicht allzu strenge Maßstäbe anlegen, wenn man sich an die genauere Betrachtung so mancher Texte macht.

Und es gibt durchaus auch Kirchenlieder der Weihnachtszeit, die man mit Recht als literarische Kunstschätze bezeichnen darf. „Maria durch ein Dornwald ging“ oder „Es kommt ein Schiff geladen“ oder „Macht hoch die Tür“ kann man zu den ganz großen Texten der deutschen Lyrik zählen.

Ich fahre am Weiher entlang. Unbewegt und dunkel ruht er in seinem Becken, nicht einmal der Hauch einer Eisschicht bedeckt den Spiegel. Seit einigen Jahren trägt das Weihereis nicht mehr. Meine Gedanken gehen zurück an die Nachmittagsstunden des Heiligabends, die wir Kinder auf dem

Eis verbrachten, damit zu Hause das Christkind ungestört arbeiten konnte. In der Vorfreude auf den schönsten Abend im Kinderjahr verzichteten wir auf lautes Toben. Eine gewisse Friedlichkeit, eine stille Fröhlichkeit lagen in der kalten Winterluft.

Gern „ranschelten“ wir, nahmen also Anlauf und glitten auf den Schuhsohlen über das spiegelglatte Weihereis. Gleiten kann man auch auf den Schlittschuhen, Ski oder dem Schlitten, aber nicht jeder besaß eine derartige Sportausrüstung. Am wenigsten aufwändig war die freudvolle Kunst des Gleitens auf den Schuhsohlen. Auch sie lässt den Wind in den Haaren spüren, das Gefühl der Beschleunigung und der Geschwindigkeit erleben. Zugleich ist es das lustvolle Spiel mit dem Gleichgewicht, bei dem Erfolg und Scheitern sehr nahe beieinander liegen. Ist nicht das ganze Leben ein Ringen um das Gleichgewicht? Ein dauerndes Suchen der Mitte, die Harmonie verleiht und das Straucheln verhindert?

„Leise rieselt der Schnee“, singen sie gerade im Radio. Ich muss schmunzeln. Wann habe ich das letzte Mal Schnee geschippt?

Schon seit Jahren ist der Inhalt dieses beliebten Weihnachtsliedes nicht mehr von der entsprechenden winterlichen Wettergestaltung bestätigt worden. Es schneit nur noch in den höheren Lagen. Auch die Natur scheint aus dem Gleichgewicht.

Jedes Jahr laufen in den Radiosendern und sozialen Netzwerken Wetten, ob es weiße Weihnachten werden und wenn ja, wie viele Zentimeter Schnee wohl liegen werden. Ich werde mich im nächsten Jahr an der Spekulation beteiligen und setze auf null Zentimeter Schnee im Haidenaabtal. Es sind die Erfahrungswerte meines langen Lebens. Als Siegerhymne werde ich folgenden Song anbieten, von dem ich überzeugt bin, dass er die Spitzenplätze der Charts im Nu erobern wird. Auf die Melodie von „Leise rieselt der Schnee“ biete ich diesen Text:

MERRY X-MAS

Sauer staut sich der Regen
auf den staubigen Wegen
im gestorbenen Wald.
Swinging Christmas ist bald.

Fassaden kletternder Claus
hängt jetzt an jedem Haus.
Von Lichterorgien erhellt,
bringt`s den Konzernen viel Geld.

Jingle bells rund um die Uhr,
vom Christuskind keine Spur,
In den Hauptgeschäftsstraßen
ausgestellt schon Osterhasen.

Kommt die Heilige Nacht,
werden die Packerln aufg`macht.
Von Rednose-Rudi beschert,
eine Botschaft hat keiner gehört.

Der Liebisch-Gärtner hat tatsächlich noch ein Fichtenbäumchen mit Nadeln. Weil es schon Heiligabend-Nachmittag ist, gibt er großherzig Rabatt. Heimlich rüttle ich am Bäumchen, mache den Nadeltest: er noudlt noch nicht. Ich wünsche „Frohe Weihnacht“ und lobe mir das Dorfleben. Niemand ist mehr auf den Straßen, als ich mit dem Baum auf dem Dachständer heimwärts trachte. Dem Christkind sei Dank…

Inzwischen hat meine Frau den Christbaumschmuck aus dem Keller geholt. Wir hatten noch einen Keller alter Prägung, einen Vorratskeller also mit Kartoffeln und Weckgläsern, mit gelagerten Äpfeln und Gemüse. Nun wird uns klar, dass sich dort auch – aus verständlichen Gründen – niedliche Nagetiere wohl fühlen. Die besonders schönen und wertvollen Christbaumkugeln, vor allem die mit Bast umwickelten, waren deutlich sichtbar von den Mäusen angenagt.

„Für heuer toun`s es scho nu“, meine ich.

„Bist narrisch!“, sagt meinc Frau, „äitz foahrst zur Weiß-Mare, däi hout scho nu oi!“

Die Weiß-Mare lächelt festlich gestimmt, als ich an der Haustür klingle. Auch die Feiertagsbluse hat sie schon an. Natürlich hat sie noch Glaskugeln, jede Größe und Farbe. Auch sie gibt Heiligabend-Rabatte und ich lobe mir das Dorfleben.

Seitdem sind Jahre vergangen. Liebisch-Gärtner und Weiß-Mare gibt es nicht mehr. Mit ihnen ist auch ein Stück Dorfleben verschwunden.

„Drass `loihnt unser Christkindlbaam“, sagt meine Frau heute, „kannst`n auf Terrassn trong.“ Die Burschen vom Skiclub liefern die Nordmanntanne frei Haus. „Däi noudl`t bis zu Läichtmess niat“, sagen sie auf meine diesbezügliche Frage.

Immerhin noch ein echter Baum, denke ich. Andere stellen ja schon einen Plastikbaum auf, schon eine Woche vor Weihnachten, weil sie zu Ferienbeginn sofort nach Mallorca fliegen.

Zum absoluten Hit wird nun der Malerleiter-Christbaum. Dabei stellt man einfach eine Staffelei, wie sie beim Tapezieren gebraucht wird, in den Raum. Obendrauf platziert man einen LED-Stern, und auf die Sprossen Teelichter. Zur Not tun es auch Grablichter. Kein großer Aufwand, alternativ und einfach nur geil. Und noudl`n? Total ausgeschlossen!

Schade - es waren doch immer die kleinen Katastrophen, die dem Heiligen Abend die feierliche Würze gaben. Einmal verschüttete meine Schwester das heiße Gansfett über den festlich gedeckten Tisch, ein andermal fing der Vorhang Feuer, einmal schmorte der Sternspeier ein Loch in Vaters neues Hemd, das unter dem Christbaum lag…

Besonders lustig war es - so erinnere ich mich – als mein Bruder Sepp einmal dem schwarzen von den Heiligen Drei Königen den Kopf abbiss, weil er meinte, der sei aus Schokolade.

Und wenn einmal wirklich alles glatt ging, dann noudelte zumindest der Christkindlbaum.

Aber selbst das haben sie nun abgeschafft.

Kleiner Arber (1.384 m) -
höchster Berg der Oberpfalz

BEGEGNUNG

Der hörbaren Stille
weißer Einsamkeit lauschen,

sich am Tanze
glitzernder Flocken berauschen,

von Ehrfurcht beflügelt,
ganz einfach im Gehen

staunend die Größe
der Schöpfung einsehen,

fast schwerelos gleitend
die Seele bewegen

dem verschneiten Gipfel –
sich selber entgegen.

UNSER KRIPPERL

Wos hom mia g`sägt und g`feilt und g`leimt,
dass er ja zeitig fertig g`wen
und passt hout für das Jesulein,
der oarme Schdoll zu Betlehem.

Auf`s Dooch nu Schindln draaf as Holz
und Moos rund um an Schdoll.
Der woar äitzt unser ganzer Schdolz,
zoigt hom man iwerall.

A däi Figurn hom zouepasst.
Heit sans g`wiss hundert Joahr.
Däi hom scho g`hört zum Kramerhaus
wäi da Vadder nu a Bäiwl woar.

Des Kripperl schdell ich heit nu aaf
mit meine Enkelkinda.
Nou les ma, wäi die heilig Nacht
den Heiland bracht uns Sünda.

SILVESTER

O fröhlicher Silvestertag!
Du kennst die Zeit –was tut sie? Sag!

Im windbewegten Schilf und Tang
hör ich den Takt im Wellengang.
Ist das der Rhythmus, der die Zeit
treibt auf den Weg zur Ewigkeit?

Liegt ihre Heimat in den Steinen
die sich am Ufer dort vereinen?
Steinleben dauern endlos lang,
sie halten Erd` und Wasser z`samm.

Ist`s etwa gar das Firmament
wo die flüchtige Zeit hinrennt?
Lichtjahre messen dort die Weiten.
Ist dort der Sammelplatz der Zeiten?

Die Zeit geht weiter. Doch, was bleibt?
Ein gutes Wort, manch kleine Freud`,
ein Lächeln und ein lieber Blick .
Gedanken gehen auch zurück...

„Fräijer häit`s des niat geb`m!“

sagten wohl schon die Steinzeiteltern mit Blick auf ihre Nachkommen. Dieses zeitlose Credo einer „Früher-war-alles-besser-Generation“ ist genauso fatal wie die Ansicht, dass heute alles besser sei. Sicher ist lediglich das bereits im Vorspann zitierte „Tempora mutantur…“. Gewissen Veränderungen unterliegt auch die Sprache.

Manche Wörter werden im Laufe der Zeiten überflüssig. Ich denke da an die „Wählscheibe“, ein wichtiges Teil früherer Telefonapparate oder die „Lohntüte“, welche früher die Arbeiter einmal im Monat erhielten. Andere drängen sich vor, siehe das hilflose „geil“ oder das junge „cool“, die sich bereitwillig jeder Sprachsituation anpassen.

Ganz neue Begriffe bezeichnen Funktionen und Bedürfnisse der modernen Gesellschaft: Turbokapitalismus, Datenaustauschverbesserungsgesetz, Mausklick… Vor allem die Wirtschaft, die Industrie und die Werbung verwenden diese zusammengeklebten Plastikwörter oder fliehen massenhaft ins Englische.

Großräumig wirkende Sprachen, also Standardsprachen, auch Fachsprachen und Mediensprachen, beeinflussen die Gespräche des täglichen Umganges und drängen die Dialekte immer mehr zurück. Aber jeder, der an seiner Mundart interessiert ist, wird erfahren, dass sie die Zeiten überdauert.

Das Oberpfälzisch meines Elternhauses hat an Gewicht, Ausdruckskraft und Klangschönheit trotz aller Strömungen des Zeitgeistes nichts eingebüßt. Es gehört zum „Paradies der Erinnerungen, aus dem uns niemand vertreiben kann“ (Jean Paul).

Mundart ist die Sprache des Alltages, und im alltäglichen Leben spielt sich immer schon alles Lebensbedeutsame ab. Ich denke da an Liebe und Glück, Abschied und Wiederkehr, Freude und Trauer, Geburt und Tod. Dies alles wird sich auch weiterhin analog ereignen.

Für den Dialekt gibt es keine einheitlichen Schreibregeln, er ist deshalb schwer lesbar. In meinen Geschichten gibt es deswegen nur in den wörtlichen Reden und in wenigen Gedichten mundartliche Verschriftungen, um einer breiten Leserschaft ein mühevolles Dekodieren zu ersparen. Für dieses Entgegenkommen meinerseits erbitte ich als Gegenleistung, dass Sie, meine verehrten Leserinnen und Leser, sich im Alltag möglichst oft im Dialekt versuchen und unsere klangschöne Mundart erhalten.

Sie werden sehen - damit gewinnen Sie ein weiteres Augenpaar im Erleben der Heimat.

Historische Hüttenwerksuhr

DER AUTOR

Ottmar Braun hat sein Geburtshaus in Weiherhammer, seinem Lebensmittelpunkt bis heute. Sein Studium finanzierte er mit Ferienarbeit in der Eisengießerei des damaligen Hüttenwerkes. „Eine äußerst lehrreiche Zeit“, sagt er.

Mehr als die künstlichen Welten der Moderne bietet ihm die Naturbegegnung Harmonie, Seelenruhe und Kraft. Er sucht nach den stillen Winkeln und unberührten Naturparadiesen.

Sein Herz aber gehört „seinem Weiherreich“, durchweht von den vertrauten Klängen und Düften der Kinder- und Jugendzeit. Im „Spiegel“ des Beckenweihers erkennt er manch Heiteres und Hintersinniges des sich wandelnden Zeitgeistes. Davon erzählt er in Reim und Prosa und regt so an, ein liebenswertes Stück Heimat neu zu entdecken.

DER FOTOGRAF

Auch Bernhard Rauch ist in Weiherhammer geboren. Eng ging es zu im „Arbeiterhaus“ in der Röthenbachstraße, so dass sein Vater Gerhard entschlossen anpackte und eigenhändig für die junge Familie eigene vier Wände schuf.

Von seinem ersten Gehalt kaufte er sich eine Canon AE1, damals Kult unter den analogen Spiegelreflexkameras.

Dem Hüttenort stets treu geblieben bewohnt er nun mit seiner Frau Gabriele deren Elternhaus nahe dem Weiherufer. Der Beamte der Bundespolizei verbringt viel Freizeit mit Hund, Rad und Kamera rund um den Beckenweiher. In diesem faszinierenden Naturschutzgebiet findet er Entspannung und „sieht mit dem Herzen“ immer wieder fesselnde Motive.

Bildnachweis

alle Fotos: Bernhard Rauch
außer S. 65, 91, 96 und 105 Ottmar Braun

... weitere Veröffentlichung des Autors:

Das „Brüll'n" der Werkssirene bestimmte den Alltagsrhythmus der Dorfbewohner.

Ottmar Braun schildert aus kritischer Distanz, aber doch voller Humor und einer guten Portion Selbstironie das Leben jener Zeit ohne Handy und Internet. Er erzählt von längst geschlossenen Geschäften und Einrichtungen im damaligen Dorf und erinnert an die darin wirkenden Menschen und „Originale", denen er viel Respekt und Sympathie entgegenbringt.

So gewinnt der Leser auch Einblick in ein interessantes Kapitel oberpfälzischer Heimat- und Zeitgeschichte.

Das Buch ist erhältlich
bei der Gemeinde Weiherhammer
und in der Buchhandlung Bodner, Pressath